KB183979

시시콜콜하든
구구절절이든

시시콜콜하든
구구절절이든

여여시

쏠트라인
SALTLINE

| 여는 말 |

시인들은 모두 장거리 선수이다

얼마 전 '김형석 교수의 100년 산책 컬럼'을 모 신문에서 읽으며 인문학의 위기를 다시금 통감하지 않을 수 없었다. 학과 구별 없이 신입생을 받은 뒤, 2학년 때부터 성적과 희망에 따라 과가 결정된다고 할 때, 대부분 인기 많은 의대 등 이과를 택할 것이기에 인문계의 위기가 닥쳤다는 우려이다.

그럼에도 난 노벨문학상의 여파와 함께 K-문화의 파급효과 때문에도 인문학이 그리 쉽게 무너지지 않는다고 믿는다. 당장 내 주변의 시인들을 둘러보면, 환갑이 훌쩍 넘은 나이에도 대학원에 입학하거나 현대철학이나 현대시론, 노장자 강의를 듣는 시인이 많기 때문이다. 또한 법학과를 졸업하고 로스쿨을 다니다가 뒤늦게 국문과에 재입학한 작가지망생도 만나기 때문이다.

시인은 하고 싶은 것을 용기 있게 찾아내고 추구하는 사람들이다. 경제적 결핍을 겁내지 않는 사람들이다. 귀와

눈을 열고 과정이나 결과물에 상관없이 의미장을 쫓는 사람들이다.

여여 동인지가 제4호를 맞는다. 2019년에 창간호 『빠져본 적이 있다』를 낸 뒤, 2020년엔 이어 『이브의 미토콘드리아』를 냈다. 제3호는 코로나의 거리두기와 새 회원들의 입회와 교체로 인해 2023년에야 『꽃이라는 이름을 벗고』로 나오게 됐다. 이번 4호 『시시콜콜하든 구구절절이든』은 '공간'을 소재로 한 시를 주로 실었다.

산스크리트어로 여여는 'tathata'이다. 즉, "분별없이 있는 그대로 본성을 지키자"라는 뜻이다. 그러나 "여여如如"는 '女女'의 중첩적인 뜻도 살릴 수 있어서, 시인의 정신, 그 책임의식과 자세를 잃지 않으면서도 무겁지 않게 나아가자는데 의의를 뒀다. 즉, 장거리달리기 선수의 자세로 달리고자 한다. 2019년 처음 결성할 당시, 바이칼 호수에서부터 몽골을 돌면서 고민했던 대로 '여시與詩'(시와 함께)의 뜻도 포함된 우리 동인들은 그래서 더 친화력도 돈독하다.

최근 새로 입회한 김유자, 이서화, 신은숙 시인은 기대

치가 높은 유망주 시인들이다. 또한 김추인 선생님을 비롯한 여여시인들은 이미 자기만의 색깔이 있는 시세계를 펼쳐내는 중견들이다. 따라서 세계의 위기를 몰고 오는 국가간의 전쟁과 분열, 열강국간의 극대화되는 이기주의, 국수주의에 시를 통해 소수자들을 대신하여 항의 하며 신유물론에 바탕을 둔 동식물과 자연에 대한 생명 우선의 도전과 고발도 서슴없는 시인들이다. 모성애를 바탕으로 한 인류애가 지구의 먹구름을 벗겨낼 것이라고 믿는 여여如如이기 때문이다.

여여시 아홉 꼬리

이서화, 이 경, 이채민, 김금용(글), 김유자, 김지헌, 김추인, 박미산, 신은숙

차례

| 이서화

| 이 경

■ 번역시

| 이채민

■ 번역시

| 김금용

■ 번역시

| 김유자

■ 번역시

| 김지헌

■ 번역시

| 김추인

■ 번역시

| 박미산

| 신은숙

이서화

2008년 《시로여는세상》으로 등단.
시집 『날씨 하나를 샀다』 『누가 시켜서 피는 꽃』 외 2권.
ssesie7@hanmail.net

| 이서화

꽃이 지는 저녁의 시간
머릿속 소음의 역풍으로
자신이 신이 되었다

고인 말들을 풀어 놓기 위해
몸 사용 설명서를 새로 작성 중이다

사람의 온도

사람의 집 어디쯤
보일러 돌아가는 소리 들리고
귀뚜라미는 또 어디선가
초가을 온도를 맞추는 듯 따라 운다

오늘 밤은 유독 따뜻하다
추운 이름이 따뜻한 이름이 되는 사이엔
폭염이 지나가고 다시
쌀쌀한 날씨의 목전이 되었다는 뜻이다
어느 여름에선 발열發熱이 인다
한때 그 이름을 휴대용 손난로처럼
마음속에 품고 다닌 적이 있다

초가을 밤 온도를 맞추는 보일러 소리
분명 지난봄 이후 아직 보일러를 틀지 않았는데
집 어디선가 흐느끼듯 보일러 소리가 난다

빈 이름이 많아질수록
추운 사람이 되어 간다
안과 밖 중 안쪽의 발열은
이름에서 생긴다는 것을 알고 난 뒤부터
보일러 온도계를 누르듯
몇몇 이름들을 누르곤 한다

반소매와 긴팔
어느 쪽 옷을 챙겨 입을지 망설이듯
젊어 쌀쌀했던 사람
한나절이 되면 다시 후텁지근해지는 날씨처럼
짧은 환절기 같은 사람이 있다

낙원상가 옆 순댓국집

낙원상가 근처

순댓국집에서 순댓국을 먹었다

악기 상가와 순댓국집은

참 안 어울린다고 생각했다가

아니지, 순댓국집은 낮이었음에도

이미 얼큰하게 취한 몇이

무반주 곡절을 쏟아내고들 있었다

가사만 있는 노래가 어디 있겠냐만

시시콜콜하든 구구절절이든

저 하소연들엔 반드시

지긋한 악기 소리가 붙어 있다

울분이든 위로든

어떤 악기로든지 연주되는

반주가 있어야 하는 것이지

근처에 악기 상가들이 있는 것이

이제야 이해가 되는 것이었다

한참 동안 옆 테이블의 말들을 들으며
나도 몰래 어떤 악기와 반주가 떠올랐다
처량함이든 통속이든 색소폰이든 기타든
어떤 악기로든 연주가 되는
비밀의 내재율을 타고 숨어 있는
아득한 일들이 있다
뿌연 창문 밖으로 악기를 둘러맨
몇몇을 몰래 따라가 보고 싶은
절절한 가창력들이 누구에게든
있긴 있는 것이다

봄 한 채

부모님이 다 쓰고 간
낡은 집 틈으로 말벌들이 분주히 드나든다
살면서 봄날 다 쓰고
여름과 가을 겨울까지 쓰고 간 집
그 집 어느 구석에 아직도
봄이 남아 있어 벌들이 한철일까
보이지 않는 곳에 그들만의 성이 따로 있는 듯하다

무뚝뚝한 아버지
살뜰했던 엄마 적금 들듯
집 어딘가에 봄을 조금씩 아껴 두었던 것은 아닐까
119를 불러 떼어 내자는 말들이
벌들의 날갯짓 소리처럼 분분했지만
생전의 집주인들이 조금씩
아껴 둔 봄이려니
그냥 두기로 한다

좁은 틈 저쪽엔 지금
온갖 꽃들이 활짝 핀 봄날이
한창 만발하고 있다고 생각하니
초가을 방바닥도 미지근해진다

칠월, 명옥헌

배롱나무꽃을 찾아 나섰지만
꽃은 보지 못하고 대신
무더운 칠월을 보고 왔다
장마 끝 더위는
배롱나무꽃을 피우고 남을 폭염이다
명옥헌 가는 초행길
벽에 붙은 글자를 따라 걷다 보면
골목이 끝나는 곳
배롱나무 꽃망울도
아직은 잠잠하다

배롱나무는 멀리 가는 꽃이다
쌀쌀한 서리까지 가서 처연해지는 꽃이다
명옥헌 마룻바닥같이 차가운
시월까지 천천히 가는 꽃이다

칠월, 마루들은 시원하고

추녀 밖은 뜨겁다
얕은 그늘 덮고 낮잠이 든 여행자
어느 화무십일홍 근처를 서성이는지
잠의 끝이 풀썩댄다

벌레 도서관

벌레를 잡는 일엔
다초점 렌즈가 필요하다
책을 털면
벌레들이 우수수 떨어진다
책이 한 그루 나무 같고
흐릿한 눈은 뾰족한 부리 같다

가끔 벌레들이 꿈틀 돌아눕는 소리
도서관엔 죽은 책들이 많다
목차들은 벌레 알 같고
고딕체 제목들은 사슴벌레 같다
어떤 나무는 장기 대출 중이고
키가 높은 나무들엔 중세의 수도원 같은
새의 둥지가 을씨년스럽다
바짝 마른 벌레의 사체
만지면 부스러질 것 같은 글꼴들

콕콕 쪼아 대기만 하는
읽다 만 책은 핑계의 나무
읽던 나무와 벌레들을 대출해 간다
벌레들은 풀숲 죽은 나무들의 기록

다 읽은 책은 날개가 돋는지
겉장을 덮고 포르르 날아간다

비로소

비로소 보이는 것들이라는
글귀를 읽을 때마다
반드시 도달해야 할 그 어떤 곳이 있을 것 같다
그 비로소는 어떤 곳이며 어느 정도의 거리인가
비로소까지 도달하려면
어떤 일과 현상, 말미암을 지나고
또 오랜 기다림 끝에 도착할 것인가
팽팽하게 당겨졌던 고무줄이
저의 한계를 놓아버린 그곳
싱거운 개울이 기어이 만나고야 마는
짠물의 그 어리둥절한 곳일까
비로소는 지도도 없고
물어물어 갈 수도 없는 그런 방향 같은 곳일까
우리는 흘러가는 중이어서
알고 보면 모두 비로소,
그곳 비로소에 이미 와 있거나
무심히 지나쳤던 봄꽃,

그 봄꽃이 자라 한 알의 사과 속 벌레가 되고
풀숲에 버린 한 알의 사과는 아니었을까
비로소 사람을 거치거나
사람을 잃거나 했던
그 비로소를 만날 때마다 들었던
아득함의 위안을
또 떠올리는 것이다
벌레가 살아서 내게 기어 온다

Finally

Whenever reading the phrase

'The things finally seen'

There seems to be a place we should arrive

What is the final place and what distance is it?

If we are to arrive there

Should we pass somethings, phenomena, and causes

And even after long waiting?

The place where a rubber string pulled tightly

Put away its limit,

Is it the embarrassed place of salt water

Where unsalty water finally finds?

Is the place with no map

Like such a direction where we can't go by asking?

As we are keeping on flowing

Getting know we are already at the final place

There spring flower passed by unwittingly

Grows and becomes a worm in an apple

Aren't we an apple thrown away in the forest?

Whenever we finally encountered

Or lost a person

We conjure up again the comfort of farness

We heard whenever meeting the word 'finally'

A worm crawling alive to me

이 경

1993년 《시와시학》으로 등단.
시집 『푸른 독』 『오늘이라는 시간의 꽃 한 송이』 외 다수.
sclk77@hanmail.net

| 이 경

때론 하늘도 침묵으로 열어야 하는 벽이다
지금 돌들은 시간의 가르침을 받아 적느라 고요하다
잘 들어보면 돌에서 연필 사각거리는 소리 난다

슬픔이 싱싱하다
— 파주 1

우리는 봄에 파주에 온다
버릴 수 없는 유산
여기에 슬픔을 묻고 돌아간다
버리고 간 슬픔들이 쌓여 산이 되었구나
시퍼렇게 우거진
슬픔은 이제 그것이 슬픔인 줄도 모르게 되었을까
봄에 우리는 자는 듯 누웠는 슬픔을
깨우러 온다
슬픔이 너무 깊이 잠들지 않도록
홍수에 함몰 되어 떠내려가지 않도록
키가 웃자라 슬픔이 슬픔을 먹어버리지 않도록
전지가위로 고르게 잘라 주러 온다
건강한 슬픔을 위하여
봄은 슬픔의 가슴팍에 보랏빛 제비꽃을 피워 놓고
햇빛에 발효된 슬픔은 따뜻해
슬픔에게 등을 기대 흰 낮꿈을 꾸기도 한다
슬픔은 이제 강을 건넜을까

우리는 강을 건너온 사람을 여기 묻었다

강을 건너온 뒤로 다시는

강을 건너가지 못한 사람을 이 강가에 묻었다

붉은 흙을 보면 가슴이 뛴다

어머니는 지금 철책 부근을 배회하는지 모릅니다
혹시 그녀를 보셨나요
고막에 총성이 박혔습니다
가슴에 총탄 구멍 뚫려 있습니다
허리에 철사 가시를 둘렀습니다
척추 속에 못다 터진 지뢰가 녹슬고 있습니다
머리에 팔만대장경을 이고 있습니다
등에 아이를 업었습니다
일제 36년을 살아냈습니다
전쟁 통에 아이를 낳았습니다
봉선화꽃 같은 피 말로 쏟았습니다
다 키운 자식 휴전선 철책에 묻었습니다
시퍼렇게 뜬 눈으로 묻었습니다
자본의 이빨이 베어먹다 남은 허벅지 성한 곳 없지만
이곳은 법국토
푸른 물에 비치는 사람의 마을들

다시 산다 해도 이 땅에 아이로 태어나고 싶다던
어머니 그 위대한 국토
당신 몸을 빌리지 않고 꽃 한 송이 필 수 없습니다

파주에 오면 가깝다

— 파주 2

파주에 오면

더 가깝다

겨울 강을 깨는 망치 소리

쩡 쩡 망치 소리 되돌아오는

붉은 벽에 더 가깝다

소리에 놀라 날아오르는 새들 날개 부딪는 소리

강 건너 켜지는 불빛에 더 가깝다

저벅저벅 새벽 초소

군번 서는 신병의 군홧발 아래

민물 게들 등짝 바스러지는 소리

더 가깝다

총구와 철조망과 매설된 지뢰에

젊은 너의 묘비명에 더 가깝다

파주에 오면

너와 그리고 나의 아픔에

더 가깝다

작가의 영광

더러운 책의 혼령이 나를 깨웠네 때 묻은 책
모서리가 닳아 각이 무너진 상처투성이
낱장이 뒤집히거나 페이지가 뒤바뀌기도 한 책
많은 사람이 침을 바르거나 침을 뱉은 책
찬사와 비난과 독설이 퍼부어지고
푸르고 붉은 볼펜으로 밑줄 그어진 책
빈 곳에 울퉁불퉁 희망을 써넣기도 한 책
눈물 자국이 말라붙어 일그러진 책
읽고 또 읽어 너덜너덜 실밥이 풀어진 책
투명 테이프로 상처를 감싼 책
손을 대면 활활 타서 재가 되어버릴 것 같은 책
오욕으로 얼룩진 작가의 영광을 한 눈에 보여주는 책
글자들을 버리고 나무의 뿌리로 돌아가려는 책
다 타버린 잿더미 위에서
백발을 바람에 맡기고 서 있는 작가를 닮은 책
그런 작가와 책을 그렇게 만드는 독자가 있는 나라
어떤 작은 마을 도서관에서

지금 돌들은 시간의 가르침을 받아 적느라 고요하다

가을 바닷가에 와서 돌을 밟으면

돌들이 흰 뼈를 다듬는 소리 들린다 가을 바닷가에 닿은 돌들은 얼굴이 없다 얼굴이 없으므로 온몸이 이력서다

돌들은 제각각 굴러온 곳이 다르듯 크기나 모양이나 빛깔이 다르고 성격도 다르다 돌들은 제 자리를 지키느라 골몰하면서 쉬지 않고 어디로 가는 중이다

어지러운 봄볕 속에 벅찬 꿈을 꾸었고 여름 뙤약볕 내려치는 정을 받아 비켜서지 않았다 가만히 있어도 몸 바스러지는 가을을 지나 무례한 겨울 앞에서 돌들은 옷 입지 않는다 기관차를 앞으로 가게 하거나 집을 받쳐 올리거나 성벽을 지탱하면서 물살을 거슬러 오르는 연어의 알을 품어 주면서 돌들은 그렇게 지나온 날을

먼 나라 언어로 이야기하고 있다

가을 바닷가에 닿은 돌들은

모서리를 잃어 희고 둥글다 희고 둥글어 서로 이마를 부

뒹쳐도 아프지 않게 되었다 돌들은 햇볕에 잘 구워진 손으로 서로를 만져보게 되었고 미소 하나로 더 많은 말을 녹일 수 있게 되었다

지금 돌들은 시간의 가르침을 받아적느라 고요하다 잘 들어보면 돌에서 연필 사각거리는 소리 난다

그곳에 벽이 정말 있기는 했을까

그곳에 벽이 있다고 했네

만질 수 없어서 부서질 수 없는 벽

마음 없는 새들이 유유히 넘어가고

이념 없는 꽃들이 씨를 날려 보내는데

살아서 못 가는 고향이 있다고 하는

그곳에 벽이 정말 있기는 했을까

Did the Wall Really Exist There?

They said there was a wall there,

A wall that couldn't be touched and thus couldn't be broken,

Heartless birds leisurely pass over,

Flowers without ideology scatter their seeds,

And yet they say there's a hometown we can't return to alive,

Did the wall really exist there?

이채민

2004년 《미네르바》로 등단.
시집 『까마득한 연인들』 『빛의 뿌리』 외 3권.
lcm304@hanmail.net

| 이채민

서가에 머물러 있던 오랜 정적이

가만히 불을 당기는데

세찬 가을비도 지나갔는데

지구촌과

나의 펜 끝은

왜 이리 푸석한가…

별의 별꼴

불빛 한 점 없는 구릉지에서
형용사 동사 부사를 떼어버린
별의 별꼴을 보았네

기록되지 않은 유언들과
더하고 뺄 수 없는
유목의 첫, 첫, 첫이 와르르 안겨왔네

불붙은 도화선처럼
현란하고 문란한 밤하늘의 행적을
생의 절반을 소진하고
이제야 만나네

살에 박혀 울먹이는 언어들과
혀끝에 매달린 모래알까지
무한히 순해지는 밤

나 이제

눈 하나 감고 살아도 괜찮겠네

몽골의 향기 3
— 징기스칸

아홉 살에 아버지를 잃고 마을에서 쫓겨난 사내를
따라 나섰네

그림자 말고는 친구가 없는 사내의 손을
꼬옥 잡았네

풀뿌리와 들쥐를 잡아먹으며 가난을 향해 주먹을 휘두른 사내가
그냥 좋았네

지친 나를 태우고 테를지의 초원을 달리면서
목숨을 건 전쟁이 직업이라고 했네

이름도 쓸 줄 모르는 사내가
외롭다는 내게 그것은 사치품이라 말해주네

화살을 맞고 죽었다 살아난 사내

敵은 내안에 있다고 넌지시 알려주면서

남의 말에 귀를 기울이는 것이
가장 현명해지는 법이라고 가르쳐 주네

내가 나를 극복하는 순간을
내 안의 한 사람이
간절히 기도하고 있다는 것도

그 사내로부터 알게 되었네

빛의 뿌리

봄부터 식탁에는 꽃보다 모래알이 수북했다
현관에는 독버섯을 밟고 온 신발짝이 훌쩍거렸다
잠이 들면 꿈에서 걸어 나온 사자가
선명치 않은 발자국을 자주 남겼다

엄마의 부음을 들고 온 여름은
찐득하고 어두웠으므로 자주 바람을 불러 들였다
꽃을 이고 태어난 딸의 팔자를 염려하던 엄마는
바람을 싫어했지만 나는 바람의 언덕에
활짝 핀 죽음을 꾹꾹 묻어주었다

여름이 지나고
냉장고에서 세탁기에서 책상에서 찻잔에서
엄마는 사뿐히 날아와 이것들과 나를 다듬는다
한곳을 응시하다 틀어진 척추뼈를 만져주고
바람의 발톱에 쓰러진 어느 날도 일으켜 세운다

죽은 자의 눈동자에 빛의 뿌리가 있음을
그해 여름을 지나며 알게 되었다

미련한 사랑

해마다 튼실한 꽃대 밀어올린
군자란이 아프다
정들었던 이웃이 이민 가며 주고 간 화분
생이별, 견뎌내고 생의 힘줄 꼿꼿이 세웠는데
홀로 된 아픔이 기어이 뿌리에 닿았는지
등줄기마다 누런 황톳물이 차오른다
영양제 몇 개를 꽂아주어도 시들시들 반란하는 몸짓

잎과 잎 사이에 끼어 있는 붉은 꽃눈과
눈 맞추던 날
뭉클한 애처로움에
아침저녁 물을 주고
겨울바람 접근금지 시킨 것이 화근이었다

통하지 않아 다른 문만 두드리다
쓸쓸한 상처를 키우고
홀로 이별을 치른 것처럼

딱하고 야윈 사랑

내가 하는 사랑이 모두 그랬다

감자를 볶을 때

감자 먹는, 고흐의
고단한 사람들이 등장하고

노란 양은 도시락이 달그닥 달그닥 소리로 오고
소년시절, 찐 감자 한 광주리를 먹었다는 어느 시인이 등장한다

나의 감자는 언제나
그림으로 왔다가
시로 읽혀졌다가
한 사람의 인생이 걸어와서
익어간다

가슴 철렁한 말들도 부딪치며
둥글게 익어간다

소월을 끌고 가는 진달래꽃처럼

둥그런 허기의 배경들이

선물처럼 햇살처럼

나를 견인한다

고백서
— 우크라이나, 봄

하늘의 뜻을
심고 가꾸는
밀알 같은 사람들에게
아무렇지 않게 뿌려지는 저 참혹한 죽음을
나는, 가시 박힌 손가락 마디 하나를 돌보며
보고 듣고만 있다

벌 나비와
흙 속의 씨앗들도
마르지 않는 피둠벙에 눈을 뜨지 못하는
저 동토의 땅을
나는, 접어둔 책장을 펼치듯
앉아서 검색만 한다

쑥떡 같이 찰진 봄날
하르르 날리는 꽃잎에 취해
포성과 핏물로 침몰하는

흑해의 아픈 봄을

우리는, 서늘한 대화 몇 마디로 사뿐히

건너가고 있을 뿐이다

confession
— Spring in Ukraine

Caring for one finger joint with a splinter,
I merely watch and listen to the horrific deaths
Spattered heartlessly
On the multitude, as plenty as wheat grains,
Who plant and water the will of heaven,

Tho' the bees, butterflies, and seeds underground
Wouldn't open their eyes to the never-dried pit of blood
In that frozen land,
I merely sit and search online,
Overcoming nothing.

On a spring day, viscous like the mugwort cake,
We, with choppy snaps of chilling dialogues,
Lightly cross the thorny spring of the Black Sea
Fuddled by the flittering flower petals

And drowning in the canon fires and blood spills.

*English translation by Dr. C. M. Bahk California State University
(San Bernardino, CA).

김금용

1997년 《현대시학》으로 등단.
시집 『물의 시간이 온다』 『각을 끌어안다』 외 4권,
중국어번역시집 다수 있음.
poetrykim417@naver.com

| 김금용

"시는 내 마지막 희망이고, 그래서 절망이다"
"시는 패자가 모두 이기는 게임이다"
겁 없이 내지른, 내 에세이 제목들이다

지키려 애써 달려온 시언덕이기도 하다
장거리 현역선수임은 틀림없다.

물수제비

산으로 둘러쌓인 호숫가에서
물수제비를 떴다

영화관도 슈퍼마켓도 식당도 게임방도 없는
널린 게 돌밖에 없는
벌판,
몇 개나 뜰 수 있을지 내기를 했다

누가 더 멀리 던지나
숫자를 셈하며 시끄러워지자
천산에 걸터앉았던 햇살이 박수를 쳤다

웃음보가 터진 물결이
꼬리를 흔들며 찰랑거렸다

모두 열 살 아이가 됐다

적혈마

귀신에 홀렸던 것 같네
앞을 봐도 뒤를 돌아봐도 벌거벗은 거친 산 등어리
척추뼈가 튀어나온 노트르담의 꼽추였네
외로워서 늑대 나왔다고 외치던 양치기 소년이었네
오르다 오르다 하루가 지는 앵무새 33고개 마루에서
오줌 줄기를 사납게 쏟아내는
레닌봉 7134미터 만년설산의 퍼런 강줄기였네

말발굽에 차이는 자리마다
마못인 양 두 발로 꼿꼿이 일어선 도깨비방망이꽃
삼신할미에게 목숨 비는 장승이었네
굽이굽이 돌아돌아도 끝나지않는 고갯길은
끊어지지 않는 실타래였네
신발 밑창이 뚫어지도록 걸어야
유르트 소똥 태우는 연기로 반갑게 고개 주억거리는
별빛 껴안고 잠드는 적혈마였네

노란 생각*

'노란 생각'이란 마을이 있다
공동묘지와 나란히 이웃한 채
노란 카레처럼 뒤엉킨 채
골똘히 생각에 빠진 마을이 있다

나무도 곡식도 푸성귀밭도 변변찮은 허허벌판 위에
양떼만큼, 소떼만큼, 낮게 웅크려 앉은 마을

삶의 키가 무덤보다 높지 않게
삶이 죽음과 수시로 같게,

광야에 비상등을 켜고 서있는
이정표처럼
파미르 고원 가는 길 위에서
홀로 노란 생각에 빠진 마을이 있다

* 중국 카슈가르와 타자키스탄의 수도 두샨배로 뻗어진 세 갈래 길 가운데, 키르키스스탄 국경마을이 있어 세 나라를 다 내왕할 수 있다. 그래서인가, 마을 이름이 '노란 생각'이다.

꿈의 마지노선

네가 보였어
숨겨놓은 편지처럼 어둠의 냄새가 났지
운동화가 트렁크가 약병이
옷장에서 베란다에서 신발장에서
연이어 튀어나왔어

내 꿈속엔 네가 들어올 수 없다고
내 잠꼬대는 너의 영역이 아니라고
알아들을 수 없다고
표정 없이 돌아서 나갔지 ,

몸의 거리와 마음의 거리는 몇만 킬로 떨어져 있던가
뒷면과 앞면이 동전처럼 그리 다르던가
몸이 멀어지면 마음도 멀어진다는 말이
코로나 기간동안 익숙해진 거리두기가
틈을 비집고 웅덩이를 만들었던가

혼자 누운 2인용 침대가
깨어있지 않은 꿈속처럼
늪에 빠진 몸처럼
춥고 휑해서 비 맞은 새처럼 떨었지
꿈은 꿈으로만 끝나는 것이라고
잊으라고 내게 다독이듯 되뇌었지

나사 풀린 달팽이관을 위해서라도
기억은 지워버리는 게 맞겠지
꿈속에선 여전히 젊고 패기 넘쳐
눈물도 흘리고 싸우기도 하니 다행이라고
혼자 꿈풀이를 하는 게 좋겠지

내가 네가 될 수 없어
어디까지 내 안에 두고 있을지 몰라서
마음을 믿는다지만, 몸이 멀어지면
또 어찌 견딜 수 있으려나 몰라서

너 여기 있구나, 내 안에 있구나
식탁 위로 떨어지는
해 질 녘 노을 한 줌을
내 안의 책갈피에 끼어두고
쓰다듬으며 잠들지
꿈속에서라도 따뜻하게
뒤돌아보지 않고 떠나도
춥지 않게

장마, 그 틈새

장대비가 잠시 멈춘 틈새로
어린아이의 신발에서
푸른 오이 씹히는 소리가 난다
밟을 적마다 쏟아지는 무지개빛에
참새 지저귀는 소리가 쏟아진다

미끄러지며 엉덩방아 찧으며 웃는 미끄럼틀
돌고 돌아도 안전하게 도착하는 빙글뱅이
밀 적마다 한 계단씩 올라가며 손 흔들어 주는 그네

얘야, 얘야,
목백일홍 나무 곁까지 날아오를 수 있단다
먹구름도 젖힐 수 있어

햇살이 먹구름 밖으로 나오자
그네까지 신발 밑창 끄는 소리를 낸다

아이 등 밀어주는 할아버지의 웃음소리에

방충망에 붙은 매미 울음소리도 끼어든다

티베트 수미산

아우라에 감싸인 수미산은
한여름에도 오체투지를 시키는 절체절명의 만년설산
노을까지 휘감는 장삼자락이다
일몰 그림자에 묻혀서도 홀로 차고 푸른 돌기둥이다
아우성치는 바람벌판의 오색 타르초다
쉴새없이 재잘거리는 자갈길은 연보라 구름밭이다
길도 산도 구름도 하늘도 삶 밖의 추상화 한 폭이어서
하늘과 강, 그 사이 길을 헤매다 굽은
수행자의 척추다

위대해서 외로운, 시작이며 끝이다
티벳. 수미산은.

チベット . 須彌山

アウラに包まれた須彌山は

眞夏にも五體投肢をさせる絶体絶命の萬年雪山

夕日までくるめる緇衣の裾だ

日没の影に埋もれてもひとりで冷たく青い石柱だ

風音がわめく野原の五色旗だ

間断無くしゃべり續ける砂利道は薄紫の雲畑だ

道も山も雲も空も生の外の抽象畵一幅だから

空と川, その間の道をさ迷ううちに曲がる

修行者の脊椎だ

偉大故に淋びしく , 初まりそして終りだ

チベット . 須彌山は .

김유자

2008년 《문학사상》으로 등단.

시집 『고백하는 몸들』, 『너와 나만 모르는 우리의 세계』가 있음.

birch1997@naver.com

| 김유자

나의 여행지는
속초, 일본, 러시아로부터 자작나무 속으로,

보이는 곳에서 보이지 않는 곳까지
장소를 넓혀간다.

새로운 곳의 새로운 느낌으로
새로운 내가 생겨난다.
수많은

내가 여기저기
걸어다닌다. 그러나

지친 몸 누이고 눈 감으면 더듬더듬

내가 돌아다니는 곳은
언제나

나, 라는 공간.

히메지성

해자의 물은 고요히
흔들리고 있다
외부의 접근을 막으며

보호한다는 건 무엇인가

감싸고 있는 성에
어떤 일이 있어나는지 모르면서

해자는 외부에 닿아있다

오랫동안 의식 없는 너의
심장이 달리고 있다
폐는 바깥을 내부로 들여오고
내부를 바깥으로 흘려보낸다

병실 밖 플라타너스,

외피가 벗겨져 흰 둥치로 서 있다 잎들이
누워있는 네 몸 위 빛에 물결을 만든다

강한 것이 약한 것을 보호한다지만

해자의 물 위에 누워 흔들리는 성은
흔들리지 않는다

굳은 너의 몸을 감싸 안고 고요히
파도치고 있는 것은 무엇인가
해자의 둘레는 너무 길다

돌다가 주저앉아 물결을 바라본다

동검도

검문소에 채워진 자물쇠가 녹슬고
바닥에는 부러진 칼이 나뒹굴고
죽음은

조개처럼 입을 열고 닫는다
살이 차오른다

동검도는 칼의 도道를 배우는 동쪽이야?

헤드라이트 빛은 길바닥을 핥으며
해변을 달린다
뒷좌석의 말들이 출렁인다

자리를 옮기는 달
발은 보이지 않는다

녹슨 자물쇠를 벗기고 들어온 달빛

날이 번득인다
차고 이지러지는 것은

언제라도 벨 수 있는 칼을 품고 있다

동검도는
동쪽의 검문소가 있는 섬이래

검문소를 통과한 차가 달을 향해 달려간다
달은
바다로부터 나를 향해 칼날을 세우고 달려든다

출렁이던
흰 피들 가라앉고

밤이 밑바닥을 드러낸다

속초

발 밑 호수는 푸른 보자기
그 위에
골동품처럼 누운 나무들

사이

뜨개바늘처럼 들락거리는 새들
빠진 코처럼 서있는 사람들

밤은 검은 보자기 네 귀퉁이를 들어올린다
보자기를 구멍 낸 산
안에

불쾌해지는 빛과 소리들
찐득하게 늘어붙는 냄새들
검은 잠 코고는 소리

울산바위에 등 기대고 앉은
한 사람

빛의 소음에 젖은 채
어둠에 지워진 채
걷고 있다

산과 산
물과 별
사람과 사람
사이

보이지 않으나 걸어본 적 있는 골짜기

달에 홀린 피에로

자작나무 숲을 지나는 중

흰 껍질이 툭, 벌어진다
들여다본다
태양이 고여있다 진득한
빛이 흘러나와 나는 그곳으로

붉은 벽에 말코손바닥사슴 머리가 붙박혀있다
뿔은
거대한 양쪽 손바닥에서 저마다 도망치고 있는
손가락들 같다
벽 뒤에 보이지 않는 몸통은 내 머릿속에서 뒷발질하고
있다

사슴과 나의 눈이 마주친다
눈동자에서 뛰쳐나오려 몸부림치는 몸과
보이는 것을 움켜쥐려는 사나운 뿔이 뒤엉켜

벽을 긁어댄다
자작나무 잎들이 떨어진다
숲의 그늘이 투두둑,

벌어진다
희끗희끗

빛이 앞서간다
나는 따라간다

바닥에서 일렁이던 빛의 얼룩들이
나의 몸으로 기어오르고 있다

갈라지는 얼굴, 삐거덕거리는 뿔들, 달아나는 발가락들,
방울 방울 떨어지는 시간의 담즙, 꿈틀대는 심장, 발기하는 혼,

출구를 찾을 수 있을까

백야라는 부사

세상의 윤곽을 지우지 못해
뒷골목에서 얼굴을 묻고 주저앉은 곳
시계가 없어 밤을 만날 수 없는

여기까지 왜왔나 6월의 상트페테르부르크
늙은 침대와 한 덩어리 어둠인 나를
바라보는 눈이 있다

결정 뒤에 나는 언제나 어스름이었다
만일,
만약에,
혹시, 라는 말들에는
사라지지 않는 윤곽이 있다
백야가 있다 그리하여

열한 시의 밤 골목 저 먼 곳에서
걸어오는 사람이 다가오고

나를 지나쳐 멀어질 때까지
긴 불안이 계속되는 곳
어두워지는 중인지 환해지는 중인지 알 수 없는
떠오르지도 가라앉지도 않는 지평선에 누워

눈 감으면 여기는
나를 더듬고 있는 나, 여서

오래 희미한 곳
잘 지워지지 않는 곳

카페 프랑수아

붉은 우단 소파에서 기다리네
랑게의 '꽃노래'가
향기를 내려놓고 가네
'진주 귀걸이를 한 소녀'와 나는
한곳을 바라보고 있네 백 년 전부터
문은 언제 열릴까
커피 향은 당신 없는 이곳을 떠도는데
주인은 장명등처럼 서 있는데
둥근 천장의 불빛은 감빛으로 익어도 아직
당신의 손은 내 어깨에 닿지 않고
카페 프란스가 아니야 카페 프랑수아
여기가 아닌가 약속이란
구름이 모였다 흩어지는 것 같아서
문은 언제 열릴까
나를 기다리는 건 개천의 줄지어 선 벚나무
벚꽃잎이 물 위를 흐르다 거기 당신?
멈추지 못하네

문은 언제 열릴까

일본 인형 얼굴의 여종업원은 이국종 강아지 눈빛

나는 나라도 집도 떠나와

도시샤대학에서부터 당신의 발자국에

내 발자국을 포개며 오다 놓쳐 버린

이곳,

푸른 눈동자가 검은 눈동자에게 말하네

언제 끝나요?

* 카페 프랑수아: 프랑스 화가 '장 프랑수아 밀레' 이름을 따서 1934년에 문을 연 교토에 있는 카페.

* 정지용 시의 몇 구절을 빌려 왔다.

カフェフランソア

赤いビロードの椅子に待っている
ランゲの´花の歌´が
香りを残して　去っていく
´真珠の耳飾りの少女´とわたしは
同じところを眺めている　百年も前から
ドアはいつ開くのか
コーヒーの香りはあなたのいないここをさ迷い
店主は石灯籠のように立っているが
丸い天井の灯りは柿色に熟しても　まだ
あなたの手はわたしの肩には届かず
カフェフランスじゃない　カフェフランソア
ここじゃないのか　約束は
雲が群がり　また散らばるようで
ドアはいつ開くのか
わたしを待つのは小川に並んだ桜の木
桜の花びら　水の上を流れて　そこ　あなた？
止められなくて

ドアはいつ開くのか

日本人形の顔つきをした従業員は遠い国の子犬の瞳

わたしは国も家も離れ

同志社大学からあなたの足跡に

わたしの足跡を重ねるうちに見失ってしまった

ここ、

青い瞳が黒い瞳に話しかける

終わるのは　いつですか？

*カフェフランソア：1934年、京都市に開業した'フランソア喫茶室'。店名はフランスの画家、フランソア·ミレ—にちなんでいる。
*鄭芝溶（チョン·ジヨン）の詩句を少々借用している。

**日本語訳　유숙자(兪淑子、ユ·スクジャ): 翻訳家。訳書は『설국(雪国)』、『명인(名人)』(川端康成)、『만년(晩年)』、『사양(斜陽)』、『인간 실격(人間失格)』(太宰治)、『깊은 강(深い河)』(遠藤周作)など。

김지헌

1997년 《현대시학》으로 등단.

시집 『배롱나무 사원』 『심장을 가졌다』 외 3권.

kimj2850@hanmail.net

| 김지헌

내 집 마당에서 처음으로 감을 땄다. 저 순수한 주홍빛이 어디에서 왔을까. 감나무 열매가 초록에서 주홍으로 건너가는 동안 많은 일이 일어났다. 뜨겁고 눅눅한 여름엔 정말 아무 일도 하기가 싫었다. 그러다 느닷없이 들려온 낭보!!

작가 한강의 노벨상 수상 소식이라니, 놀랍고 짜릿하고 신나는 사건이었다.

그녀가 시로 먼저 등단했다는 것은 다 알려진 사실. 스웨덴 한림원에서도 수상 이유로 '인간 삶의 연약함을 폭로한 강렬한 시적 산문을 보여준 것'이었다고 하지 않는가. 지금도 전 세계 곳곳에선 전쟁으로 사람들이 죽어가고 현장에선 상대적 약자인 여성과 노인, 어린이가 희생되고 있다. 특히 여성들은 성폭력의 대상이 되기도 한다. 너무나 끔찍한 일이다.

그런 의미에서라도 한강 작가의 소설이 전 세계 곳곳에서 많이 읽혀졌으면 한다. 특히 잔인하고 비뚤어진 사상을 가진 위정자들을 포함해서.

강릉에서

새벽을 몰고 온 바다
떠오르는 태양
바다가 서서히 보여주는 모노드라마
조금씩 변주되고 있는 초록의 악장들
이거면 충분하다고

이 넓고 탁 트인 세계를
지금 고통과 비애에 빠진 사람들에게 선물하고 싶다

그대들
여기까지 얼마나 열심히 걸어왔든가
백사장에선 타닥타닥 불꽃놀이
깔깔대며 해변으로 쏟아져 나온 사람들
이 뜨거운 풍경이면 충분하다고
청록의 두려움 물러가고
가을 산이 붉게 물들고 있다고
누구나 저 붉음을 즐기면 된다고

저 초록 속에는 푸른 피의 비명이
내장되어 있을지도 모를 일
변방의 어느 죽음들에 빚지고 있는데
천 개의 슬픔이 가을을 향해 떠나지 못하고
나는 손조차 내밀지 못했는데
그대와 나
다시 시작할 수 있을까

오래된 꿈

— 파미르 시편 1

단단히 맘먹었다
천산산맥 깊숙이
아무도 모르는 곳에
지금껏 짊어지고 다닌 내 안의 부스러기들
다 비우고 와야지
아무도 모르게 버리고 와야지

유목민의 땅 헤집고 다니며
눈 크게 뜨고 찾았지만
선한 눈빛으로 고개 젓는 사람들

폐기물은 되 가져가라며

"멀리서 오셨군요"
"무얼 보러 오셨나요?"

두 손 뒤로 감추고 나 역시 선한 얼굴로

“오랜 꿈이었거든요”

왕의 길

열아홉 어느 날 왕이 되었다
초가집에서 어린 시절을 보내며
나무하고 농사짓던 떠꺼머리총각

왕이 되어 근엄했던 그도
한 때는 어머니 젖을 물고 앙앙 울어 댔을 것이다
산으로 들로 쏘댕기다
어느 날 뚜벅뚜벅 왕처럼 걸었겠지
왕이 된 왕은 행복하지 않았다
백성들도 행복하지 않았다
왕 같지 않은 왕들 때문에
세상은 지금 엉망과 진창에 빠져
허우적거리고 있잖아

한 때는 왕의 첫사랑 길이었다는데
첫사랑 봉이를 처음 만나
몰래 사랑을 키워 가다

그렇게 원범*과 봉이는 이별하고 말았다지
봉이는 원범을 위해 새벽마다 치성을 드렸다지

포토존을 사이에 두고 원범과 봉이는
이제서야 애틋하더라
왕도 못되고 범부凡夫도 못된 남자

* 조선25대 왕 철종

눈사람

저 우두커니를 보고 있으면
지나간 누군가의 생을 보는 것 같다
불 꺼진 저녁의 외딴집
눈 코 입 떨어져 나간
저 우두커니를 보면

청맹과니처럼 보고도 못 본 척
듣고도 못 들은 척
할 말이 많아도 입 꾹 다문 채
소신공양하듯 스스로를 무너뜨리며
존재를 지워가는 사람

저 우두커니를 보면서
지금 지구 한쪽에서 죽이고 죽어가는
이름 모를 병사를 떠올린다
영혼 없이 적진을 향해 총탄을 날리다
한 줌 이슬로 사라져가는

분수처럼 솟구치던 아이들 웃음소리
가난한 어떤 생에도
찬란燦爛의 한 순간 있었을 것이다
고요히 지상으로 착지하는
눈송이들에게 묻는다
일그러진 모습으로도 홀로 빛날 줄 아는
다만 세상일에 어리숙한 우두커니들에게도
축복처럼 은총 내려줄 수 있겠느냐고

밑 빠진 독에 물 붓기

겨울 밤
할머니 등에 딱 붙어 자다보면
새벽녘 윗목 콩나물시루에서
물 내리는 소리가 나곤 했다
검은 천을 들어내고 맑은 물을 바가지로 부으면
고스란히 물은 시루 아래 고이고
웃자란 콩나물을 한줌씩 뽑아
국도 끓이고 나물도 무쳐냈다

도무지 야무진 데라곤 찾아볼 수 없다며
교사직 때려치우고 시인이 된 딸을
희귀동물 보듯 이해할 수 없다는 엄마를
나는 그냥 무시하기로 했다

나를 통과한 맑은 물 한 바가지
모세혈관 휘도는 생명수
그것들이 물관을 통과하며 시가 된 것이라고

성근 그물을 무시로 통과하듯
그건 결코 허튼 게 아니었다고

엄마가 평생 달고 산
밑 빠진 독에 물 붓기라는 말
아 아 엄마 말이 맞았어요
알고 보면 살아가는 일이 모두
밑 빠진 독에 물 붓기 였어요

저기 노랗게 웃고 있는 애기똥풀 좀 보아요
뼈 속 통과한 태양이
아무도 모르게 다녀간 바람이
여기 이렇게 존재한다고
조용히 흔들리는 것을요

손바닥 이불

난전의 장사꾼 틈에 아기천사 잠들어 있다
한파 속 엄마 품에 잠든 아기는 지금
어느 별나라를 여행하고 있는 걸까
볼우물 배냇짓까지 해가며

갈라터진 엄마의 손이 아이의 우주인 듯

지진으로 붕괴된 건물 잔해 속에서
구조대원들이 아이를 꺼냈다
아빠는 얼른 아이를 받아 안고는
손바닥으로 아이의 눈을 가려준다
그 순간
안도의 작은 한숨이 세계인들에게 밀물졌다

세상이라는 난해시를 읽어내는 만국의 언어였다

손바닥 이불은

A Palm Blanket

A baby angel is sleeping among the merchants in makeshift shops.

The baby fell asleep in its mother's arms in the cold snap

Which planet are you traveling to

With dimple and smile

Like the mother's chapped hands are the child's universe

In the rubble of the building collapsed in the earthquake

Pulled out the child by Rescue Members

Father took the baby and held it,

cover the child's eyes with his palm.

Very that moment

A small sigh of relief swept over the world

It was a universal language that read the esoteric poem of the world

The palm blanket

김추인

1986년 《현대시학》으로 등단.
시집 『해일』 『자코메티의 긴 다리들에게』 외 다수,
여행집 『그러니까 사막이다』가 있음.
cikim39@hanmail.net

| 김추인

모래의 노래,

그것은 내 시작이었다. 탄생이었고.

처음과 마지막이었다.

선이 행군이듯 끝없는 실크로드, 운석의 길이

내 시이며 삶이며…

선線의 미학
— homo aestheticus*

하늘과 땅의 접지에 지평선이 누워 있다

있어도 없고 없어도 있는
선의 비의祕意
찔레의 5월은 벌 떼 붕붕대는 평원
지평선의 시간은 정지에 가깝다

아무도 그은 적 없는 선
누구도 의심한 적 없는 선
없으면서 있는 존재의 이름을
누가 맨 처음 불렀을까

몽상과 현실 사이,
영상 이미지를 구현하던
타르코프스키**의
정지화면에서 나, 오래 서성인다

멀리서 있지만 가까이서 없는 역설의 접점
없는 존재의 있음이라니
북해도 설원 아득히 누워 있던 한 금,
지평선

* 호모 에스테티쿠스: 미학적 인간
** 러시아 예술영화 감독

신의 화필

— homo aestheticus*

우리가 산밭에 당도했을 때
어른께서는 새벽부터
퍼들퍼들 감자밭을 펼쳐 놓으셨다

흰점을 꼼꼼히 찍고 계셨다

감자꽃들 희끗희끗 피어나 등성이 쪽으로 오르는데

그 너머 원경이 뭉개져 있다

밤새 휑한 아래 들녘
억천만, 시계풀꽃들 저리 또렷또렷 찍으시느라
지쳐 기진하신 게다
잠이 부족하셨던 게다

멀리 가로수 길도 부연 안개 발로 뭉개 놓으셨다

그리다 겨우면 뭉개기 기법으로

여백 처리를 해 버린 내 그림 같다

* 호모 에스테티쿠스: 미학적 인간

사막의 Dune* 그리고
— homo narrans**

벗은 여인들이 누워 있다
얼굴 숨긴 숱한 모래의 가슴들
봉긋봉긋 솟아오른 능선들이 들어올린 유두
도발적이다
찌르르 아래로 흘러드는 소름
바람의 기미에 체위를 바꾸었을 젖무덤들에서 모래의 젖줄기 풀어 흩듯 모래 알갱이 알알이 날리는 걸 길손은 두 손 모두어 받고 섰다 손가락 사이 줄줄 흘러내리는 그것
사막의 아침은 막 눈을 떴고 바람은 북북서

씨알 몇 톨 날아와 갈 마른 모래에 몇 년을 묻혀서도 조바심치지 않고 기다릴 줄 아는 건 제 안에 장전된 목숨, 믿기 때문일 것

몇억 천년도 더 오랜 사막의 일상에
발아의 방아쇠 당겨줄 희푸른 구름 떼 예보 없이
여기도 몇 년에 한 번은 실수처럼

비구름, 구불텅구불텅 천마의 기세로 나투신다니

억수 소나기,
둔 아래 평원을 덮고 넘치는
홍수 끝 무렵이다
총 맞은 듯 삽시간에 싹이 돋는 푸른 족속들의 춤
일시에 본 적 없는 꽃 천지다
벌 나비, 어디 있다 찾아 드는지 붕붕 대는지
한 순간 사랑으로 알을 슬어 묻고는
또 어디로 사라지는지

질문만 있고 해명은 없다
신의 정원을 슬쩍 보여주고는 썩소를 날린 그를 본 듯하다

* 둔: 모래언덕(사구)이 산을 이룬 현지어
** 호모 나랜스: 이야기하는 사람.

Cosmos

— homo progressivus*

빅뱅, 순결의 씨앗이 피었습니다

우주는 누가 돌아보지 않아도
무한 쪽으로 팽창 중입니다

별밤
코스모스 숲에서 나눈 첫 키스로
우주가 움푹 패었습니다

순간, 시공간이 출렁 휘었을…

* 호모 프로그레시부스: 우주적 인간

쿼바디스Quo Vadis
— homo religiosus*

눈발 속 희뜩희뜩
스님 한 분
산문을 나서시다
바람새나 나부대는 다 저녁에
바랑 하나로 어디를 가시는지

스쳐가는 나, 보신 것 같지 않고
눈조차 감으셨는지
생각 속을 가시는지

바람 떼 우우—
장삼자락 잡고 늘어져도
발자국만 벗어주고
세상 밖으로 나가시는지

멀뚱히 선 산문 앞은 눈발만 분분

* 호모 렐리기오수스: 종교적 인간

| 번역시 |

달팽이의 말씀

그의 문체는 반짝인다

은빛이다

또 한 계절 고단한 생을 건너가며

발바닥으로 쓴
단 한 줄의 선연한 문장

'나 여기 가고 있다'

The Word of a Snail

His style Gleam

Silvery

Crossing season's Weary life again

Written with Foot's sole
Only one Vivid line

'I'm moving here'

박미산

2006년 《유심》, 2008년 세계일보로 등단.
시집 『루낭의 지도』 『흰 당나귀를 만나보셨나요』 외.
misan0490@hanmail.net

| 박미산

봄꿈은 닳아서 야위어가고

눈과 귀도 나로부터 멀리 떨어져 나가고

겨우 지탱하고 있던 공간이,

내가,

자꾸 무너진다.

샴발라*

또다시 가고픈 곳이 있어
아침에도 너를 보았어
만년설 속에서
눈빛만 반짝이며
미동도 없이 가부좌를 틀고 앉아 있었지

빨래를 널며 생각했어
너의 땀 냄새
밥을 하면서도 너는 있었지
우리는 함께 숨 쉬고 있어
너는 히말라야에서, 나는 서울에서

무거운 등짐을 내려놓고 밥을 해주던 포터들의 수줍은 눈빛 함석지붕을 요란하게 때리던 빗소리 롯지 칸막이 너머 도란도란 들리던 이야기 소리 행운을 비는 오방색의 룽다 짐을 잔뜩 싣고 가파르고 거친 돌길을 끝없이 걷던 조랑말들 산길에 푸짐하게 쌓인 소똥과 말똥 나무에서 뚝뚝

떨어져 살을 파먹던 거머리들 바나나를 재빨리 낚아채던 원숭이들도 너의 품에 있었지

빗속을 뚫고 올라간 푼힐 순수한 영혼만이 볼 수 있다는 영봉들이 나타났어 안나푸르나, 다울라기리, 마차푸차레, 히운출리 쿵쿵 심장이 무섭게 뛰었어 그 너머 너에게 한달음에 가려고 욕심을 부렸지 세속에 찌든 나에게 너는 보일 리가 없지 어쩔 수 없이 속세를 향해 뛰어가다가 다리를 접질렸지 몇 날 며칠 비를 맞으며 말을 타고 내려왔어

산다는 건 별거 아니야
산비탈을 순식간에 내려오던 눈사태가 아닌
가파른 절벽을 두려움 없이 떨어져 내리던 폭포가 아닌
너에게 한걸음에 달려가는 게 아닌
어깨에 앉은 흰 눈가루가 조금씩 녹듯이
서서히 앞으로 가는 거야
인연 따라

너의 샴발라로

혹은 나의 샴발라로

* 샴발라: 히말라야 오지에 있는 현인들의 낙원

얼음집

귀밝이술을 걸친 나는 비틀거리며 떠내려오는 얼음 부럼을 깨물면서 달 반대편으로 발을 쑤욱 집어넣었다, 제 집인 양

식구들을 절구에 넣고 찧었다 초록 냄새 가득한 아이들이며 치매 걸린 시어머니를 사정없이 먹어 치운 정월 대보름달은 밤새 울퉁불퉁 조약돌을 밟았다 처마 밑 시렁에 박힌 아이 별들이 계곡을 따라 물속에 매달리고 마가목 가지에 찢어진 그가 덜렁, 걸렸다 발목이 시큰했다

한밤 내내 싸돌아다니던 바람이 내 얼굴을 후려쳤다 눈과 귀가 나로부터 멀리 떨어져 나갔다 겨우 지탱하고 있는 내 집, 달이 자꾸 무너졌다

와운산방
— 택견스승에게

하늘 길 뚫고 움푹 패인 흙산을 돌고 돌아 아침햇빛 등에 진 사내를 만나러 가마소 안으로 들어간다 컹컹 짖는 까만 산과 누렁이 황진이, 사내의 맨얼굴 위로 밤나무, 소나무, 상수리나무가 지나간다 사내 옆엔 눈먼 개, 강을 꼭 안고 긴 머리를 아무렇게나 말아 올린 그의 아내가 살구나무 너머 서있다, 드르륵 백기신통百技神通이 열린다

구름이 쉬어가는 산방에
약초를 캐며 병든 각시와 사는 고수高手
비각술飛脚術이 번뜩인다
긴 머리칼을 휘날리며
촘촘한 별을 향해 꽂는 발질
잠잠한 강물에
후두둑 떨어지는 별들을
재빨리 물고 오는 산과 황진이

꿈이 떠 있는 와운산방臥雲山房

하수들의 설익은 발길질에
살구나무 몸통이 군데군데 패인다
산과 황진이는 잠잠하고
각시 품에 있는 듯 없는 듯 안겨있던
눈먼 강이 살구를 물고 온다

푹 익은 살구와 별이 밤새
그득하게 쌓이는 부연동 계곡

백록담

— 정지용에게

말없이 올라가는 내 등짝에 칼을 꽂았다 너는 주저앉는 나를 보며 사라졌다 바다가 구길 때 나는 소리와 함께 펑펑 내리는 눈사태를 따라 행간의 넓이는 죽음처럼 더 깊어졌다 눈덩이로 몸을 씻고 기진한 몸을 일으켜 세웠다 흩어지는 너의 씨알들을 산채로 가두어두고 간격이 벌어지지 않게 배열하고 고정시켰다 날 선 칼바람이 나의 말을 베고, 짓눌린 글들은 백화나무 위에서 뚝 뚝 부러졌다 엄고란 고비 고사리 뻐꾹채 꽃밭을 찾지 못한 난 내려갈 수가 없었다 별과 같은 방울을 달은 고산식물을 찾으며 정상을 향해 기어갔다 푸르고 시린 백록담에 나의 일곱 번째 등뼈를 비스듬히 걸쳐놓았다 내가 죽어 백화처럼 휠 것이 숭없지 않다 네가 생각나지 않는다 이목구비도 만져보지 못했다

* 정지용의 시 「백록담」을 차용

오동도와 까멜리아

당신 곁에 누웠던 오래전 그날이 생각나서 오동도에 왔다 여남은 개 남은 동백, 곧 모가지가 떨어질 것 같아 글자로 묶어 놓고 숲길로 들어선다 등 뒤, 앞, 옆, 시 팻말이 넘쳐난다

내가 끌고 온 뼈대만 남은 시에 리듬을 덧씌운다 절벽 아래 여전히 젖어있는 당신, 동백 닮은 붉은 눈인 나도 파도도 해안선도 당신 곁에 오래오래 남아있고 싶었는데,

만발한 동백나무 아래 누웠던 당신, 한겨울 추위 속에서 하늘을 달리는 동박새도 포개진다 그대 곁에 남고 싶었던 봄꿈은 닳아서 야위어가고 눈부신 계절이 오는데,

당신을 노래한 시가 당신을 자른다
동백이 목이 잘리듯,

꽃들의 발소리

아타카마 사막
아무도 살 수 없는 불모의 땅이었다
몇 천 년 만에 폭우가 내렸다
내 생애에 있을 수 없는 일이었다
넘실대는 활자를 품고
달의 계곡을 걷기 시작했다

모래 바람이 부풀고 있다
싹트던 문장들이 낙타 등에서 곤두박질쳤다
발길에 채이고 짓밟히며
죽음의 계곡으로 떨어졌다
찢어지고 젖어 알 수 없는 문자들

이름 한 번 얻지 못한 사막 깊은 곳에서
뜨겁게 달궈진 시가 훗날 발굴될 수 있을까
빗방울을 발목에 걸고

내일 또 내일을 걸어야겠다

흔적 없이 또 사라질지라도,

Footsteps of the Flowers

The Atacama Desert
It was a barren land where no one could live
A heavy rain fell for the first time in thousands of years
An event I never imagined in my lifetime
Embracing overflowing typeface
I began walking the lunar valley

The sand winds are swelling
Sprouting sentences plummeted from the camel's back
Kicked and trodden
They fell into the valley of death
Ripped, drenched, unintelligible characters

In the depths of a desert that was never named
Can a blazing hot poem be excavated some day

With raindrops around my neck

I must walk tomorrow and the days that follow

Even if I vanish without a trace···

신은숙

2013년 세계일보로 등단.
시집 『모란이 가면 작약이 온다』가 있음.
shin0478@naver.com

| 신은숙

그 곳에서만 노을이 지고 비가 내린다.

그 곳에서만 흐르는 구름이 있다.

그 곳에서만 어둠을 베어 문 달과 멀리서 오는 별빛을 본다.

나의 해는 마음의 서쪽에서 떠서 동쪽으로 진다.

그 곳의 당신, 부디 아름답고 슬프기를

고흐의 길

제주 한경면에 와서
고흐의 길을 걷는다

돈 되는 귤나무를 뽑아내고
돈 안 되는 향나무 묘목을 심은

천리안의 그녀가 삼십 년을 돌본 길
세상의 소음을 가둔 길

향나무 가로수들 횃불처럼 타올라
초록 불길 하늘까지 치솟을 듯한데

고흐의 길을 따라가면
나무 벤치 하나 야생화들 수국 만발한
정원을 만난다

유럽의 어느 가정 뒤뜰을 거니는 듯

비바체에서 안단테로 흐른다

저 멀리서 베레모를
쓴 고흐가 흐흐 웃는다

고흐의 길처럼 나도 누군가의 길로
불릴 수 있다면

모두가 귤나무 심을 때
향나무 심는 정신으로

함부르크

함부로 당신을 사랑해도 될까요

생의 이면처럼 남루해진 고무장갑, 구멍나 버리는 대신 가로로 잘라 크고 작은 고무밴드를 만들어요 장갑을 비틀어 밴드로 변신하는 마법을 생활의 지혜라 불러요 당신을 무어라 부를까요 가 본 적 없는 그 곳에도 하루종일 눈이 오나요 얼굴 없는 당신이 메신저로 보내준 밴드 음악을 듣다가 까무룩 잠들어요 북쪽 항구마다 비릿한 내음, 당신은 함부르크, 나는 영북에서 렛 잇 비, 먼 항구 한류를 찾아 사라진 지느러미를 생각해요

함부로 당신을 잊어도 될까요

막막이라는 생의 절벽, 머리에 밴드를 두르면 이마가 다가와 손을 잡아줘요 열병처럼 비틀즈를 들었던 시절은 가고 이제는 BTS를 들어요 햄버거를 먹으면서 스테이크를 잊어요 고독한 이민자 당신은 BTS보다 비틀즈를 좋아한댔

어요 비틀즈를 비틀면 BTS, 그들이 사랑한 항구 도시, 당신은 읽히지 않는 책이지만 모르는 SNS에 목을 매달진 않을 거예요 함부르크, 저기 멀리서 뜨거운 한류가 몰려와요 크크, SOS! 이마가 식으면 눈은 더 이상 내리지 않아요

남애

가늠할 수 없는 바다란
받아주는 어떤 끌림과도 같아서

일부러 돌아가면서 차창을 내리는 지점
그 곳에 기분도 내린다

지나치지 못하는 병이랄까
파도라는 아우성이 포물선 해안을 만나
순한 노래로 재잘거리는 걸 본다

기분 한 꼬집 넣은 모래 한 웅큼
손가락 사이로 빠져나가는 그것은
어제도 오늘도 아닌 미래의 나

슬픔도 계량할 수 있다면 꼬집어 말할 수 있다면
남의 애를 태우다 흩어질 수 있다면

화장장에서 한 시간 반을 웃고 떠들다
문득 이 재미난 세상 두고 떠날 수 없어
떠돌기라도 한다면

받아주는 가슴이 있어 미래의 죽은 내가
서성이게 될 푸르디푸른 그 곳

시동을 걸고 달리다가도 꼭 멈추게 되는

귀래貴來

당신이 귀래*로 오시면 좋겠어요

뱀 하나 지나간 듯 외줄기 도로

상점들이 달뜬 이마를 맞대고 적막을 부축하는 오후

원조 자장면집 건너 작은찻집 오종종한 꽃 화분들

해실해실 웃는 그 사이로 오시면 좋겠어요

당신 올 적에 골짜기 낯은 더 반짝이고

하늘은 목동처럼 구름을 몰고 다니고

산은 키를 낮춰 구름을 안아주어요

맷집 좋은 은행나무들 캉캉 춤을 쉬지도 않아요

수리를 모르는 상점들은 간판 대신 심장을 내어 걸었어요

문을 닫고 여는 것도 심장의 영역

여기선 공치는 날이 흔해요 흔한 게 사랑이라지만

나는 그런 사랑 원하지 않아 햇살은 찻집 엘피판에 꽂히고

우리의 시간도 왠지 낯설지 않아요

천 년 전 오신 당신처럼 미륵의 잃어버린 꿈

우묵한 사발처럼 시간이 멈춘 곳

종점 차부상회 앞에서 오지 않는 버스를 기다려요

당신이 오신다면 맨발로 뛰쳐나갈게요
애써 우아하지 않아도 자장면 면발은 콧등을 치고
당신은 그렇게 웃겠지요 흔한 게 사랑이라지만
나는 그런 사랑 원하지 않아 다시 엘피판은 돌고
슬픔 속에 당신을 묻겠어요
귀래에선 아무도 헤어지지 않을 거예요

* 귀래貴來: 원주시의 남서부에 위치한 면 소재지. 신라말 경순왕이 머물렀다고 하여 귀한 분이 오셨다는 뜻의 귀래貴來라고 불리고 있다.

흥업

흥업은 늙지 않는다
KTX역이 있고 면 소재지에 대학이 세 군데
흥이 저절로 차오르는 곳
흥 UP 외치면 속도가 무섭게 따라붙지만
한결같은 메밀묵과 수타 자장면 옛날 보리밥
수그려야 들어가는 맛집 기둥엔 청춘의 낙서들
회촌엔 잠들지 않는 문학관의 불빛들
중천에 떠 있는 중천철학도서관
임도를 걸으면 대낮에도 빛나는 반딧불이들
젊은 성당과 늙은 여관이 길 하나를 마주보고 시틋한데
막막한 눈발은 흥업 사거리에 퍼붓고
끝내 버스는 오지 않는다
길을 지우며 길을 시작하는 눈조차 아득해서
흥업, 이 말을 흥얼거리면
세상에 없는 예술을 꿈꾸다
떠나간 당신도 잘 될 거란 믿음이
돌판 위 삼겹살처럼 구워진다

우리는 흥업에서 만나고 흥업에서 헤어진다
언젠가 풀리는 날 눈덩이처럼 뭉칠 사람들

당신 잘 되길 바라요, 흥업!

해 달 별 종점

길게 이어지는 이름처럼
오래 남아지는 기억처럼

길이 끝나는 장승리長承里
해와 달과 별이 세워진 종점

사람들은 은하로 떠나고
마을은 드넓은 옥수수밭으로 환생해서
알알이 찰진 기억들을 쏟아놓는다

분교의 꼬마들로 북적이는 상점
병원과 불야성 극장
2층짜리 건물엔 이발소 목욕탕
줄지어 선 사택들 광산이 읍내를 먹여살린다는 말

폐광은 소멸의 다른 파도

이제 차부상회는 아무 것도 팔지 않는다
건물 대신 들어선 호밀 혹은 옥수수 밭
안내양이 승객을 구겨넣던 버스는 오지 않는데

해 달 별은 누구를 마중 나온 것일까

종점의 쓸쓸이 더 빛나도록
기억의 편린이 더 반짝이도록
철광을 기리는 구조물은 어디에도 없는데

하루에 한 번 온다는 광산행 버스
아무도 내리지 않는 종점
칠월의 땡볕과 맹렬한 적막을 태우고
기사는 하품을 하며 떠난다

Sun Moon Star Last Station

Like a name long succeeded
Like a memory long left

Jangseung-ri, where the road ends
The last station where the sun, the moon, and the stars being established

People left for the Milky Way
Village reborn as a vast corn field
Pouring out the elastic memories

Store crowded with little kids
Clinic and white way theater
Barbershop and bathhouse in the two-story building
Tiered company housings
Saying like the mine feeds the town

Closed mine is a different wave of extinction

Now, the terminal store sells nothing
Rye or corn field reclaimed instead of buildings
The bus never comes, in which the attendant squishing passengers

For whom the sun, the moon, and the star are waiting?

Till the bleakness of the station shines more
Till the shard of memory glitters more
There is nothing illuminating the iron mine

The bus to the mine only one time in a day
The last station where no person arrives
The bus driver leaves yawning
Taking July scorching sun and intense silence

여여시 04

시시콜콜하든 구구절절이든

초판 1쇄 발행 2024년 12월 12일
전자책 발행 2024년 12월 12일

지은이 여여시
발행인 고미숙
편 집 채은유
발행처 쏠트라인saltline

신고번호 제 2024–000007 호 (2016년 7월 25일)
등록번호 206–96–74796
제작처 04549 서울특별시 중구 을지로18길 24-4
31565 충남 아산시 방축로 8
이메일 saltline@hanmail.net

ISSN 979-11-92139-70-8 (03810)
값 12,000원